Peques rebeldes

YUYI MORALES

A lo mejor al principio no nos ves, pero si te fijas...

 NEAL PORTER BOOKS   HOLIDAY HOUSE / NEW YORK

Decimos palabras que dan forma al mundo en el que queremos vivir.
Cuando necesitamos un mundo diferente, inventamos nuevas palabras.

¡Mek, mira!

¡Un extraño dientimóvil!

Mi colmillo secreto está flojo.

¿Sabes lo que significa "rebelde" para nosotros? ¡No corremos para llegar primero ni ser los mejores!

...estamos aprendiendo a proteger a los pequeños y cercanos.

"Juntas sabemos mucho. ¿Verdad, abuela rebelde?"

"Sí, peques, avivan una revolución al cuidar a todos y cada uno."

No hay problema si al principio no lo hacemos bien. Intentamos esto y le damos oportunidad a lo otro, hasta que todos nosotros, **todxs,** estamos libres de miedo.

¿Quieres saber qué tanto alboroto podemos hacer?
No esperamos a que aparezcan estrellas fugaces, sino que

encontramos lo extraordinario en lo ordinario, y a eso le pedimos un deseo.

¡Pidan un deseo!

Los peques rebeldes sabemos que hay más de una forma de hacer las cosas y en conjunto tejemos posibilidades infinitas.

Cómo ser peque rebelde

¿Por dónde empiezo?

Para contarte cómo hice este libro, tengo que volver a mis recuerdos de México, el país donde crecí, y al día en el que mi papá nos llevó a mí, mis hermanas y mi mamá a la laguna El Farallón, un cuerpo de agua dulce, inmenso y hermoso, cerca del Golfo de México. Ahí, los peques jugamos a la orilla de la laguna mientras los adultos pescaban nuestra cena en un barco de madera. Chapoteando con los pies en el agua para refrescarnos, nuestra familia y amiguis compartimos comida e historias, y al final del día regresamos a casa exhaustos de tanto jugar y reír.

Al hacerme mayor y emigrar a Estados Unidos, nunca olvidé la laguna El Farallón, y más de cuatro décadas después de esa memorable visita, cuando me mudé de vuelta a México, llegué a vivir a un pueblo a unos cuantos kilómetros de la laguna.

Pero esta vez, la vista de la laguna El Farallón me dejó impactada: las 180 hectáreas (445 acres) de agua se habían evaporado por completo. Donde antes había agua deslumbrante de una orilla a la otra del valle, ahora solo existía la tierra gris y agrietada del fondo de la laguna vacía de agua... y de la vida que había sostenido en el pasado.

Sé que lo quieres saber, porque yo también me lo pregunté: ¿Cómo pasó esto?

Cuando un incendio destruyó los árboles que la gente del pueblo había sembrado el año anterior, la sequía local (una amenaza constante para esta comunidad) empeoró todavía más, y la laguna se volvió aún más vulnerable. ¡Además, las personas que vivían cerca de El Farallón encontraron mangueras industriales dentro de la laguna que estaban extrayendo el agua! Se estaban robando el agua de la laguna, que daba vida a peces, aves, tortugas y cocodrilos, para usarla para irrigación, ganadería y minería de oro. No se necesitan muchos días de saqueo de nuestros tesoros naturales antes de que desaparezcan repentinamente. Si permitimos que nuestra agua sea robada o contaminada, un día simplemente ya no existirá.

Te diré que desde entonces aprendí que las lagunas, los ríos, los bosques, los arrecifes de coral, los glaciares, las montañas e incluso las personas no desaparecen mágicamente. La desaparición sucede cuando la naturaleza, que es la vida misma, es manipulada para propósitos comerciales, es acaparada o se la explota de cualquier forma.

Es imposible no sentirse triste al oír esta historia. Pero sí es posible evitar que suceda en otro lugar, o incluso cerca de ti.

¿Qué podemos hacer?

Mantengamos los ojos bien abiertos ante la naturaleza que nos rodea. ¡Está en todas partes!

¿Ves? Nuestros lagos y ríos son la naturaleza, pero también lo son nuestros jardines y patios, nuestras malezas, la araña que teje su telaraña cerca de ti. ¡Mira los diminutos árboles que crecen entre los carriles de la carretera! En las zonas habitadas por la gente, las plantas y los animales nos enseñan resiliencia, y de ellos podemos aprender cómo cuidar nuestro medioambiente y cómo vivir en él. Las plantas y los animales son naturaleza, igual que todos nosotros. La naturaleza es el aire que respiramos y el suelo que tocan nuestros pies... la naturaleza somos tú y yo.

Date cuenta cuando los que te rodean, ya sean animales o humanos, árboles o lagunas, están lastimados. Todos estos seres son nuestros iguales y nuestros amiguis, y para ser un amigui hay que prestar atención, llamar a la creatividad y poner manos a la obra. Mientras aprendes sobre las muchas formas de ayudar a remediar lo que ha sido dañado, no olvides usar tu ingenio. En este libro, los

peques rebeldes ayudan a Mek a curar su dolor envolviéndola con hierbas y flores. ¿Qué remedios conoces o puedes imaginar para la pata lastimada de Mek? Recuerda siempre preguntar a cada quien cómo quisieran que les trates, y escucha su respuesta. ¡Cada quien rebosa de sabiduría! Aunque seas muy joven, tienes muchos conocimientos, porque los has heredado como el amor de tus ancestros con el paso de las generaciones.

Cuida a tus amiguis. ¡Y procura que lo sepan! Cuida tu jardín. Asegúrate de que los insectos, las abejas y los murciélagos estén a salvo: son parte de la red de la vida y muchos de ellos ayudan a polinizar nuestros árboles frutales y cultivos. Si encuentras una criatura temible, dale espacio para que se aleje de ti. ¡Antes de que te des cuenta se habrá ido! Usa el agua con conciencia y con un propósito de vida, recuerda que estamos hechos de agua: el agüita somos nosotros. Asegúrate de que todos los seres de la Tierra sepan que eres su amigui.

Crea arte y crea el mundo en el que quieres vivir. Si todavía no sabes cómo se ve ese mundo, intenta hacer un dibujo o escribir poemas inventando algunas palabras extrañosas tuyas que expresen tus sentimientos y pensamientos. A veces es difícil saber lo que queremos decir, pero ¿te animas a intentarlo? Aquí te dejo una calcomanía en blanco para que puedas dibujar o escribir algo que quieras expresar. Usa colores, palabras, recorta formas... las posibilidades son infinitas. Tan infinitas como tú.

Y eso me deja con una cosa más que podemos hacer sin importar qué edad tengamos o de qué color o forma seamos: ¡hay que juntarnos! Cuando nos encontramos podemos jugar juegos en los que todos tengan una oportunidad y nadie pierda y nadie gane. Podemos crear canciones y bailar a nuestro propio ritmo, y hacerlo porque nos encanta y no porque es algo que se nos dé bien. Reunirnos será nuestra oportunidad de ver, notar, cuidar y crear juntxs. Quizás seas peque, y tal vez yo también lo sea, pero en conjunto somos suficiente y somos fuertes.

¿Qué es lo más importante que puedes ser?

¿Quieres ser una de las criaturas de este cuento? ¿Ser peque rebelde? Comparte tu alegría con todos los seres con los que te encuentres. Llena cada acción que realices de la alegría que sientes al ser TÚ.

Así es como, juntxs, avivamos una revolución.

¡Pero espera! Tengo una pregunta para TI. Sí, para ti. ¿Qué formas rebeldes conoces de cuidar a la vida que te rodea, a los demás y a nuestro mundo?

La vida tomó otro rumbo para mí cuando empecé a aprender que los cambios que verdaderamente hacen una diferencia son los que creamos con los demás: Charlotte Sheedy, Raita, Paul, Guiehn, Iris, Raquel siempre juguetona, Luci, Chander, Malix, Hipericas, todxs lxs Maxitxs rebeldes, mis hermanxs Ix-U, el equipo del Escarabajo Xalapeño. Con ustedes la rebelión se convierte en un acto de cuidado, afecto y amor. Jonas, Nathan, Ale y Majo, cada vez que soy testigo de sus pensamientos, sus palabras y sus acciones, aprendo lo que significa crecer como peque rebelde.

Este libro está inspirado en el recuerdo de Berta Cáceres, defensora del río Gualcarque y de su comunidad lenca en Honduras. ¡Viva Berta y todas las personas que protegen la dignidad de la vida!

Neal y el equipo de Holiday House: GUAU. No podría haber pedido una familia editorial más hermosa y creativa.

Para hacer las ilustraciones de este libro usé una tableta portátil que me permitió salir de mi estudio y llevar mi trabajo a algunos lugares rebeldes, como cuando dibujé los bocetos mientras mis amiguis y yo pasábamos cuatro meses cuidando seis árboles para evitar que una compañía constructora los derribara. También pinté el arte final mientras visitaba un río, a un lado del mar e incluso mientras volaba al otro lado del mundo para participar en una feria del libro en Bangalore, India.

Usando una técnica de medios mixtos, tomé fotografías de una cabeza olmeca real, y la textura de roca basáltica de esa escultura tan antigua es el color de la piel de un peque rebelde. ¿Sabes a quién me refiero? El cangrejo azul terrestre (*Cardisoma guanhumi*) que aparece en el cuento está inspirado en un cangrejo que pasaba por mi casa de camino a su migración anual a la orilla del mar. Esta criatura majestuosa es fuerte y vulnerable al mismo tiempo: cada año su hábitat se destruye más y las personas también lo cazan de forma ilegal, al punto de que su extinción es inminente. Colocar este cangrejo en las ilustraciones es una de las formas en las que transmito que necesitan nuestros cuidados rebeldes para salvarlos de desaparecer por completo. También llené el libro con mariposas nativas y migratorias de la costa de La Mancha, Veracruz, donde vivo. Veo todas estas mariposas (¡a veces todo un caleidoscopio de ellas!) llenando el paisaje con color y alegría.

Neal Porter Books
An imprint of Holiday House Publishing, Inc.

English text and illustrations copyright © 2025 by Yuyi Morales
Spanish translation copyright © 2025 by Holiday House Publishing, Inc.
Spanish translation by Ana Izquierdo
This book is being published simultaneously in English as *Little Rebels*.
All Rights Reserved
HOLIDAY HOUSE is registered in the U.S. Patent and Trademark Office.
Printed and bound in May 2025 at Phoenix Color, Hagerstown, MD, U.S.A.
Book design by Jennifer Browne
www.holidayhouse.com
First Spanish Language Edition
10 9 8 7 6 5 4 3 2 1

Library of Congress Cataloging-in-Publication Data

Names: Morales, Yuyi author illustrator | Izquierdo, Ana translator
Title: Peques rebeldes / Yuyi Morales ; [Spanish translation by Ana Izquierdo].
Other titles: Little rebels. Spanish
Description: New York : Neal Porter Books / Holiday House, 2025. | Audience term: Children | Audience: Ages 4-8 | Audience: Grades K-1 | Summary: "Three young rebels build bonds of trust with one another and themselves, which are tested when they find their river dried up and an animal friend injured"— Provided by publisher.
Identifiers: LCCN 2025014145 (print) | LCCN 2025014146 (ebook) | ISBN 9780823452613 hardcover | ISBN 9780823455287 ebook
Subjects: CYAC: Self-confidence—Fiction | Trust—Fiction | Caring—Fiction | Spanish language materials | LCGFT: Picture books | Fiction
Classification: LCC PZ73 .M7156 2025 (print) | LCC PZ73 (ebook) | DDC [E]—dc23/eng/20250320

ISBN: 978-0-8234-5261-3 (Spanish hardcover)
ISBN: 978-0-8234-4754-1 (English hardcover)

EU Authorized Representative: HackettFlynn Ltd, 36 Cloch Choirneal, Balrothery, Co. Dublin, K32 C942, Ireland. EU@walkerpublishinggroup.com